迪士尼 我会自己

会飞的蝴蝶结

童趣出版有限公司编　人民邮电出版社出版
北　京

缓步出发大步走

对于儿童阅读的重要作用和意义，家长们已经达成共识，不再需要热烈讨论。不过，家长们还是有一些普遍困惑，例如，孩子在幼儿园要不要识字？通过什么方式识字？孩子在幼儿园不识字能否应对小学之初的压力？如何处理父母读和自主读的关系？阅读兴趣和语言学习如何兼顾？

这套书正是为了解答上述疑惑而编写的。编写者希望在儿童阅读的纷繁流派中坚持一些基本观点，探索中国孩子学习阅读的独特途径。这些观点主要如下：一、早期阅读要把阅读兴趣的培养放到最重要的位置来考虑；二、通过这套书让孩子在幼儿园认识 400 个常用字，为小学阶段的学习减轻压力和奠定基础；三、不鼓励父母用识字卡片的方式教孩子识字，把生字放到故事中更有意义；四、在小学三年级的阅读关键期，实现孩子自主阅读；五、幼儿园阶段既鼓励亲子阅读，又鼓励孩子自主阅读。由此，这套书主要有如下特点。

科学性。从先认高频、简单、构词能力强的字，到通过各种方式复现，再到故事内容的打磨，最后培养出优秀的阅读者。从分级阅读的角度，综合考虑生字、生词、句子长度、主题深浅等多个因素，编写出难度递增的故事。

趣味性。选择了迪士尼的漫画人物和漫画故事作为主要内容，降低阅读难度，增强阅读趣味。由于有识字的安排，创作故事犹如"戴着镣铐跳舞"，但故事仍然精彩十足，劲道十足。

功能性。把识字放在重要位置，同时兼顾文学性。和时下流行的图画书不同，本套书把学习功能放到重要位置。希望通过有趣的故事，让孩子认识汉字，早日实现自主阅读。

希望通过这套书，孩子能在阅读之路上缓缓起步，培养自信，锻炼能力，然后再大步流星，一路前行，成为品位高雅、兴趣充盈的阅读者！

王林（儿童阅读专家）

会飞的蝴蝶结

在一个美丽的春日，(米妮)的店要开门了！朋友们好高兴啊！

(唐老鸭)说："开门了！开门了！走，我们进去看看吧！"

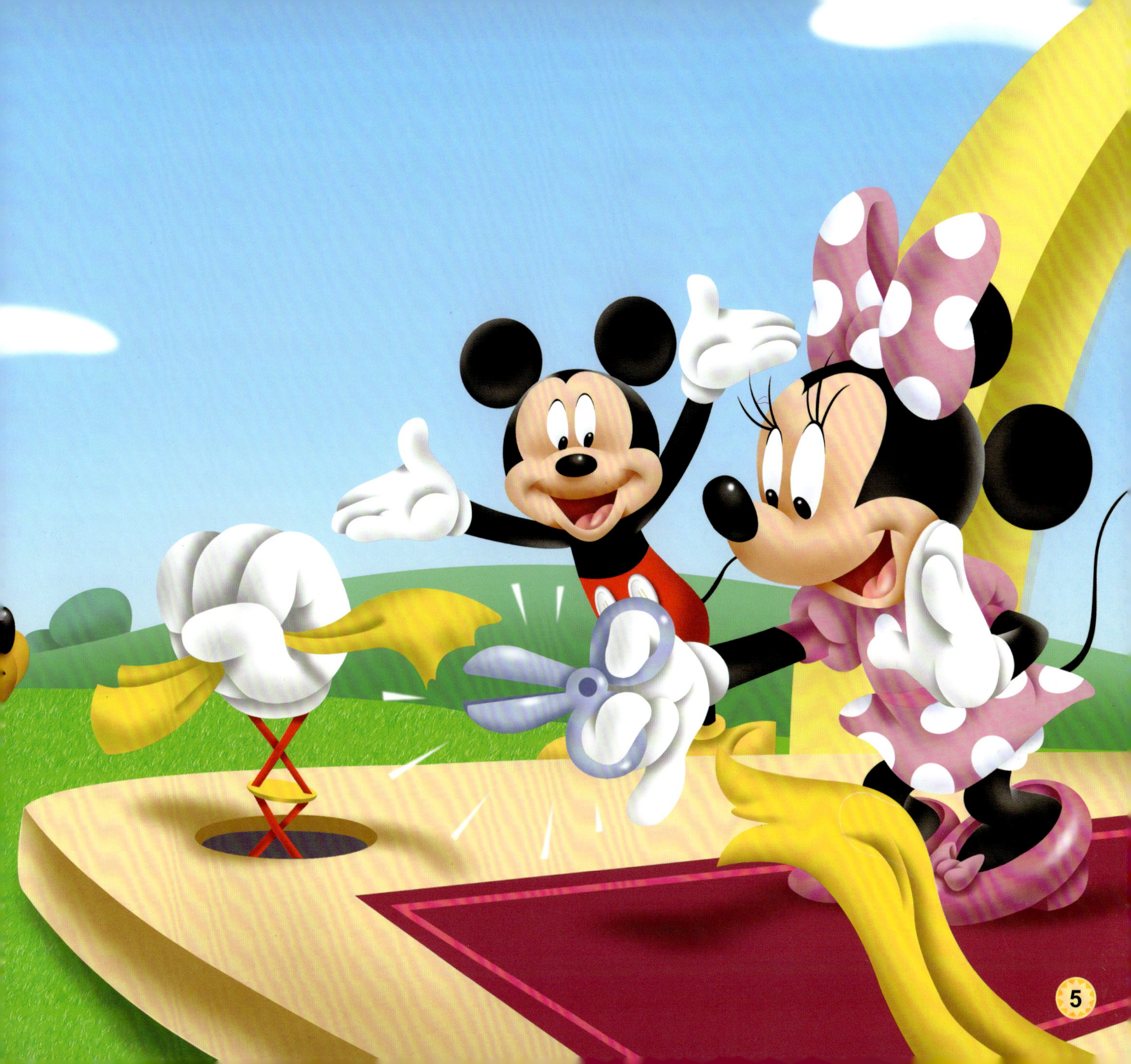

大家来到 (米妮) 的店里,看见了好多会飞的 (蝴蝶结),有红的,绿的,黄的,蓝的,真好看!高飞飞快地跑来跑去,不一会儿,他的 (网子) 里就有七个 (蝴蝶结) 了。

7

皮特想找一个好看的蝴蝶结给他的阿姨。

可是，他一不小心，蝴蝶结掉了一地。皮特飞快地跑开了。

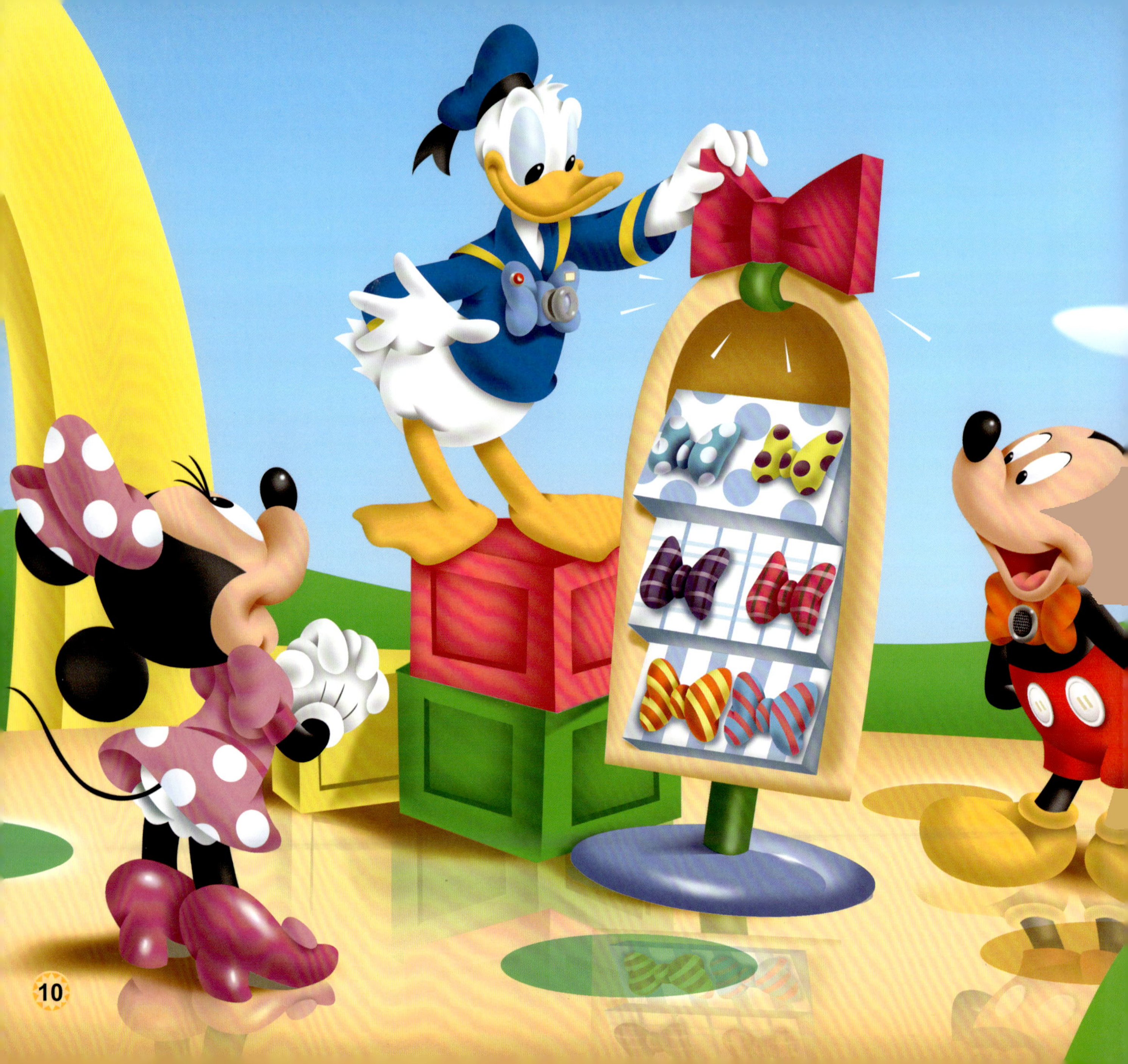

好在朋友们来了，大家很快就把地上的 蝴蝶结 又放了回去。皮特 看到了，心想：我最后来找想要的 蝴蝶结 吧！

大家都得到了想要的 蝴蝶结。布鲁托 得到了一个 骨头蝴蝶结，他开心地笑了。

唐老鸭 的 蝴蝶结 也很棒，是一个蓝色的 照相机蝴蝶结。

"朋友们，听见了吗？" 米妮 给了 米奇 一个 麦克风蝴蝶结。

克拉贝尔的蝴蝶结上的花儿真好看!

"快来啊,高飞!"米奇说,"这里有好多好多会飞的蝴蝶结!"

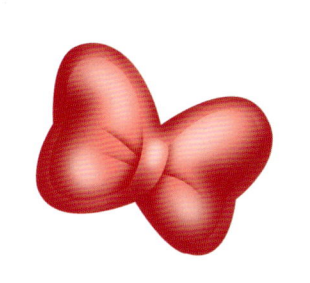

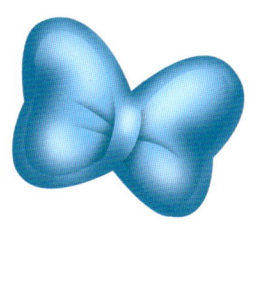

"我很开心！" 黛丝 说。

这是一个 心情蝴蝶结，开心时是黄色的，不开心时是蓝色的。

米妮 的 蝴蝶结 最美,一会儿是白色的,一会儿是红色的,一会儿又是七色的!

大家都有了 蝴蝶结。最后，皮特 来了，他想找一个 蝴蝶结 给他的 阿姨。可是他找到的是 风扇蝴蝶结！大风把 蝴蝶结 都吹跑了。

好在朋友们把大风吹跑的东西找了回来。米妮说:"看来这个 风扇蝴蝶结 很不好。"

21

"这个 风扇蝴蝶结 很好啊！"皮特开心地说，"我的阿姨是厨师，她得到这个风扇蝴蝶结会很高兴的。"

看到大家都找到了心爱的蝴蝶结，米妮高兴地笑了。

蝴蝶结开花啦

这天，有两个小朋友要到 米妮 的店里玩。

可是，米妮 和 黛丝 找不到 照相机 了。

米妮一回头，看到了照相机，她开心地说："在这里啊！"黛丝也高兴地笑了。

不一会儿，米妮听到有人在外面说笑。"是她们来了！"

米莉 和 米乐迪 高兴地跳了进来。

"我是紫色花朵。"

"我是红色花朵。"

好美啊！笑一个！

米莉 和 米乐迪 高兴地笑啊，跳啊……可是，她们的头上有几个 花瓣 掉了下来。

小鸟飞了出来，说："小心啊， 花瓣 在掉呢。"

两个小朋友没有听到，还在跳。

又有很多的 花瓣 掉了下来。

两个小朋友头上的花瓣掉了一地，可是她们开心地跳啊，笑啊，什么也没看到……

"啊，我们的花瓣！"

两个小朋友看到了地上的花瓣，伤心地哭了。

她们想要米妮给她们做两个头花。

米妮说:"好吧。你们不要哭了,我们马上做!"

"看，我这里有最好的 胶水 ！" 黛丝 说。

36

可是，花瓣又掉下来了。

两个小朋友又哭了起来。米妮说:"不要哭了,看我的!"

"我有很多好看的 丝带 。"

"可是 丝带 不是 花瓣 啊！"

米妮说："跟我来吧！"说着，她们进了试衣间。

黛丝 和小鸟在外面，听到她们在 试衣间 里开心地大笑，很想看看 米妮 做了什么。

不一会儿，她们出来了。米妮说："快来看看吧！"

"你把 丝带 做成了花！好棒啊！"黛丝说。

米莉 和 米乐迪 高兴地跳啊，笑啊。这回，花瓣 一个也没有掉下来。

米妮 真的好开心啊!

快乐的夏日

在一个有着蓝天白云的夏日里，（维尼）和小猪想去小河边玩水。他们看到（屹耳）一个人很不开心地坐在草地上。

小猪很会关心人，他走上前去说："（屹耳），跟我们一起去小河边玩水吧。"

"好啊！我很想去。"（屹耳）一下子高兴了。

他们三个走着走着，猫头鹰飞来了。"早上好！"猫头鹰说，"你们这是去哪儿啊？"小猪说："我们要去小河边玩水，你想去吗？""好啊！"猫头鹰高高兴兴地跟了上来。

到了小河边,大家想找一个坐得下四个人的大原木,玩"水上飞"。

可是，大家找啊，找啊，找到的木头都坐不下四个人。

"维尼，小猪，你们去东边看看，我和屹耳去西边看看。"猫头鹰说着飞走了。

不一会儿，朋友们回来了。可是大家都没有找到坐得下四个人的大原木。"看来我们玩不了'水上飞'了。"屹耳说。

"看！瑞比找到了很棒的大原木！"小猪说。

大家一看，瑞比真的有很棒的大原木。

小猪走上前去,说:"瑞比,我们想玩'水上飞',可是找不到大原木。我们坐你的大原木玩,好吗?"

"不,不,不!"瑞比马上说,"这个原木是我的。我要回家,坐在原木上面看书。"

"我们只玩一小会儿。"小猪说。

"你坐在最前头好不好?"维尼说。

我看他就是不想玩"水上飞",屹耳心想。

瑞比不爱玩水,可是他爱朋友们。他想了想,说:"好吧,只给你们玩一回。"

朋友们一个一个地坐上了大原木，瑞比坐在最前面。

"瑞比船长，开船吧！"小猪说。朋友们说着、笑着，都很开心。"这真是最快乐的夏日了！"维尼说。

不一会儿,"大船"到头了。朋友们真想多玩几回,可是瑞比想马上回家。

"说好只玩一回的。我要回家了。"瑞比说。

大家心中不快，可也只好把大原木推到了 瑞比 家的树下。这下 瑞比 高兴了，心想：我的大原木真棒，这个夏天我要天天坐在上面看书，看蓝天白云，看星星和 月亮 。

可是，瑞比看到朋友们很不开心地走了，他也高兴不起来了。瑞比爱他的朋友们，他不想只是一个人快乐，他想要朋友们都快快乐乐的。

想到这儿,瑞比马上跑到朋友们跟前。"大家不要走!我是船长瑞比,水手们,快回来吧!'大船'又要下河了!"

大家听了,开心地笑起来。

"是,船长!马上出发!"

瑞比说:"一个人快乐是小快乐,大家快乐是大快乐。我想要大快乐。"

朋友们高高兴兴地回到了"大船"上。

是最开心的。他看见了大树,看见了绿绿的小草,看见了美丽的河水,看见了朋友们开心的笑脸。

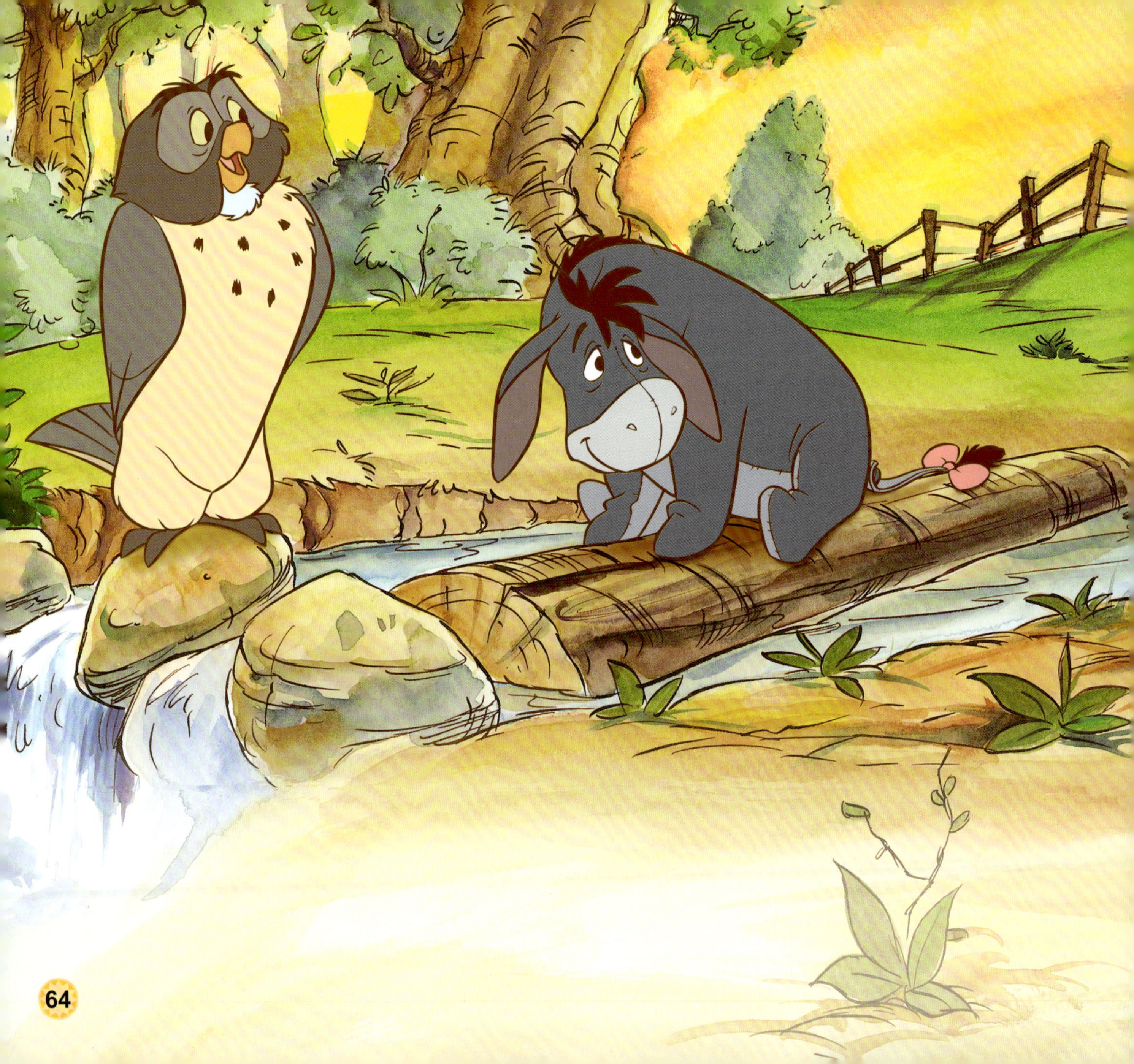

朋友们玩啊,玩啊,玩得天都快要黑了。小猪说:"我们把'大船'推到瑞比的家吧。"

"听我说,我想把我们的大原木放在这里,大家天天都来玩,好吗?"瑞比说。大家听了很高兴。有瑞比做朋友,真棒啊!

游戏测试页

● 米妮的蝴蝶结有各种各样的颜色，非常漂亮。小朋友，你能帮助米妮把下面的蝴蝶结涂成相应的颜色吗？

红　绿

蓝　黄

● 皮特的阿姨收到了皮特送给她的 ▢（风扇蝴蝶结），非常开心。这样她在做饭的时候就可以吹着风,一点儿都不热了。阿姨给皮特写了一张感谢的小卡片,请你看一看,应该是哪一张呢?

亲爱的皮特:

我非常喜欢你送给我的 ▢（风扇蝴蝶结）,谢谢你!

阿姨

亲爱的皮特:

祝你每天都开心!

阿姨

67

游戏测试页

● 小朋友，你能帮助小猪找到下图每个圈里对应的词语吗？将词语前面的字母填到对应的圈里吧！

A. 树叶　　B. 蓝天

C. 小河　　D. 红衣服

● 请你按照"大家快乐是大快乐"的路线帮助瑞比走出迷宫吧！

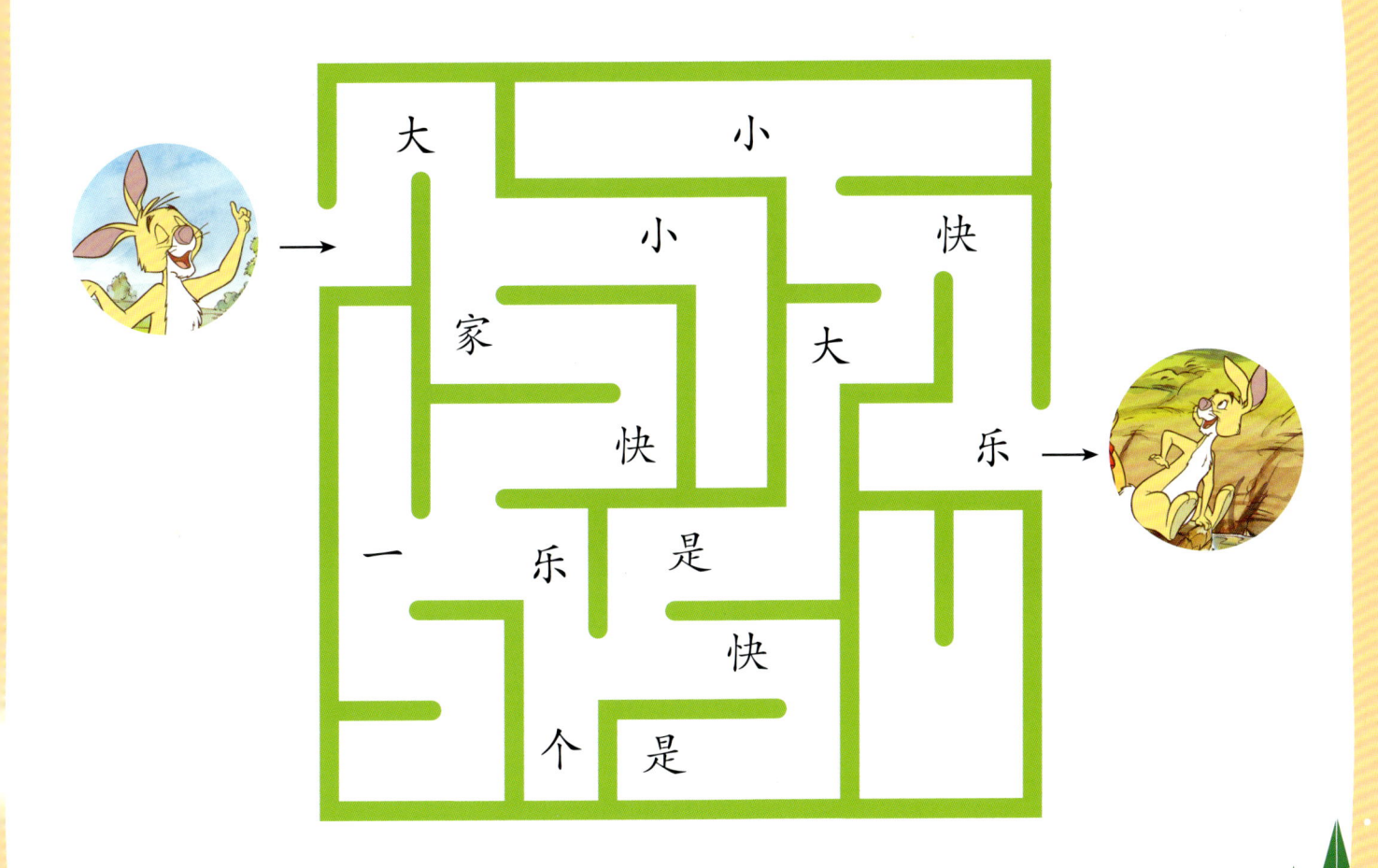

游戏测试页

● 米妮有一些字，黛丝有一些图。小朋友，你能把米妮这里的字和黛丝那里对应的图连起来吗？

日　吹　哭

超范围字

| 店 | 见 | 时 | 就 | 掉 | 还 | 放 | 色 | 紫 | 朵 | 几 |

| 呢 | 成 | 伤 | 边 | 原 | 推 | 脸 |

米奇妙妙屋和小熊维尼的故事真好看，我还想看！下面的书你都看过了吗？看过了就在书的旁边打个"√"，没有看过的快去看吧！

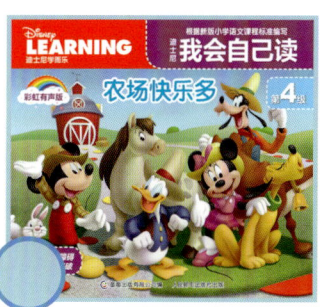

真正的朋友	安娜的生日会
会飞的蝴蝶结	三只小猪盖房子
秋果大会的歌手	最好的礼物
农场快乐多	丑小鸭和白天鹅

专家小贴士

建议孩子同一级别的书多读几本，提高重点字的复现率，便于孩子强化巩固已认生字。

第3级总字表

一	二	三	四	五	六	七	八	九	十	两	上	下	大
小	多	少	个	花	草	天	地	春	鸟	朋	友	出	去
到	来	看	吃	笑	找	爱	玩	儿	了	只	的	不	高
兴	好	早	我	你	爸	妈	家	前	后	气	山	木	马
森	林	人	子	手	心	门	饭	水	跑	飞	走	开	回
要	进	坐	生	是	想	谢	做	睡	学	会	什	么	们
跟	又	啊	吧	在	得	可	快	真	棒	乐	美	丽	很
他	她	头	发	口	牙	面	星	日	云	海	河	夏	秋
黄	风	雨	狗	猪	狼	鱼	树	叶	车	船	书	起	说
听	哭	跳	给	喝	吹	关	有	怕	白	黑	红		
蓝	绿	中	里	外	东	西	长	姐	妹	哥			
弟	这	把	没	都	也	哪	吗	着	最	和			